Hawaii
Bahamas
Bali
Malediven
Rio

Den Wunsch

anders zu sein

haben viele;

sei es doch

einfach

mal!

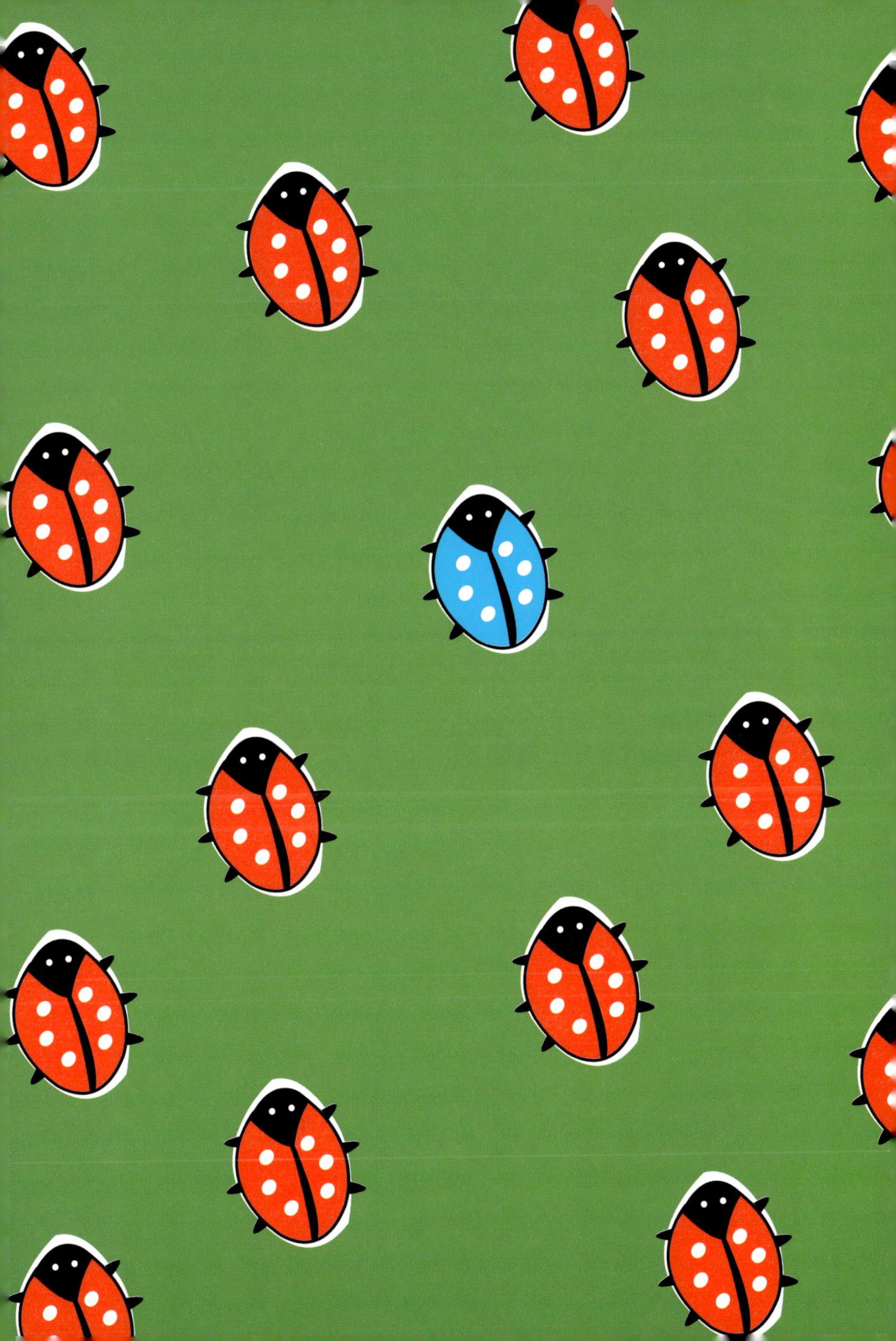

Er liebt mich.
Er liebt mich nicht.
Er liebt mich...
und wenn jetzt noch
eine Sternschnuppe
vom Himmel fällt,
während eine Tasse
zerbricht, dann wird
alles gut!

Du darfst wählen,
drei Wünsche hast du offen:

a) Ein Badeurlaub in Rio mit deiner Schwiegermutter.

b) Ein fünfgängiges Mittagessen im Kleintierzüchterverein.

c) Dein Partner und du verreisen nach Rosenheim.

d) Du darfst ein Jahr umsonst einkaufen im Knopfgeschäft.

e) Du bekommst einen Intensivkurs Englisch auf Video geschenkt.

f) Du darfst dir ein Kleid aussuchen beim Trödler.

g) Du darfst tanzen gehen auf einem Butterschiff.

Nichts dabei?
Anspruchsvoll auch noch!

Wenn ich dir
alle Wünsche von den
Lippen ablesen könnte,
würde ich dir
alle erfüllen!
Aber manches kann
ich nicht lesen?!...

Unter Frischverliebten:

Wenn ich in deine Augen sehe,
sehe ich mich!
Ein Spiegel könnte es
nicht besser!
Weil wir uns so
ähnlich sind, wünscht' ich,
wir wären eins!

Unter Frischverliebten:

Wenn ich in deine Augen sehe,
sehe ich mich!
Ein Spiegel könnte es
nicht besser!
Weil wir uns so
ähnlich sind, wünscht' ich,
wir wären eins!

Käfer oder Klee?

Bringt beides Glück und
tut nicht weh!

Titel- und Innenlayout: Paxmann/Teutsch Buchprojekte
Text: Christine Paxmann

Idee und Konzept: Stefan Kiwit
Illustrationen: Luca Bassi
Produktdesign: Alexander Lötsch

ISBN 3-517-07647-3
9 783517 076478